Verlorene Helden
Hans Backes - Robert Hartmann

Mit Beiträgen von
Hans Backes
Angelika Franzen
Oliver Zybok

Inhaltverzeichnis

Vorwort	Seite	5
Kunst-Übungen Verlorene Helden Hans Backes	Seite	7
Wahre Helden Angelika Franzen	Seite	9
Bildteil I.	Seite	11 - 49
Pause	Seite	51 - 52
Bildteil II.	Seite	53 - 91
Komische Helden Oliver Zybok im Gespräch mit Hans Backes und Robert Hartmann	Seite	93 - 101
Biographie, Bibliographie	Seite	102 - 106
Impressum	Seite	108

Orthopädisch-gymnastische Übungen

für Einzel- und Massen-Nachbehandlung Verletzter

Methodisch und systematisch bearbeitet von

Wilhelm Hacker, Kgl. Turnlehrer

Leiter der orthopädisch-gymnastischen Übungen an der Kgl. Universitäts-Poliklinik und im mediko-mechanischen Ambulatorium München (Nationalmuseum)

München 1916
Verlag der Ärztlichen Rundschau Otto Gmelin

Vorwort

Nach über 90 Jahren wirken die 'Orthopädisch-gymnastischen Übungen' des Kgl. Turnlehrers Wilhelm Hacker äußerst komisch, auch wenn ihr ursprünglicher Sinn zu Zeiten des Ersten Weltkrieges einen ernsten Hintergrund besaß: Die Rehabilitation Kriegsverletzter. Das Komische kommt von einem gewissen Unbehagen, da über die Ursprünge der körperlichen Schäden im Buch nichts geschrieben steht. So führt der ungeklärte Hintergrund zwangsläufig zu einer Form der Lächerlichkeit in den Darstellungsbemühungen, wenn zwei wie geklont wirkende Gestalten eines wilhelminischen Idealtypus' als Vorturner dienen, um eine „Einzel- und Massen-Nachbehandlung Verletzter" – wie es heißt – methodisch und systematisch darzustellen.

Robert Hartmann fand in dem Arzt und Psychologen Hans Backes einen idealen Partner, um die vorliegenden Nachstellungen unter heutigen Vorzeichen zu wiederholen. Die Unterschiede gegenüber den Vorlagen sind so eklatant, dass sie nicht zu übersehen sind: Körpergröße und -umfang sowie Alter entsprechen kaum einem Schönheitsideal. Die Nachstellungen eines Künstlers und eines Arztes werden zu „Interpretationen des Irrsinns", verdeutlichen eine gewisse Unmöglichkeit der Rehabilitation körperlicher Andersartigkeit – welcher Form auch immer. Dabei bemühen sich beide um ein genaues Bild der Wiedergabe, was andere Wahrnehmungs- und Handlungsmuster nicht ausschließt.

Abschließend sei allen am Projekt Beteiligten herzlich gedankt: zunächst Robert Hartmann und Hans Backes, den Protagonisten der Nachahmungen, Tom Horn und Hermann Meisterernst für die organisatorische und technische Betreuung, Norbert Hoffmann und Viola Schwaneke für die Abwicklungen in der Verwaltung, Andreas Wünkhaus für die ideenreiche Gestaltung des Kataloges sowie Claudia Rahn und Britta Stinn für weitere tatenreiche Unterstützung.

Oliver Zybok
Galerie der Stadt Remscheid

Kunst - Übungen
Verlorene Helden

Unsere Ahnen hatten genug mit ihnen zu tun, schon in der Schule wurden sie ihnen – und insbesondere natürlich den Jungen – als Vorbild gepriesen, vom Altertum her bis hin zur Gegenwart: die Helden. Es waren männliche Gestalten – Frauen fanden sich nur ganz selten in diese Kategorie – die sich großen Gefahren ausgesetzt, andere Menschen gerettet oder auch als Feinde getötet hatten und dabei vielleicht ihr Leben riskiert oder auch geopfert hatten. Es wurden ihnen in Büchern und Reden Denkmäler gesetzt, manchmal auch welche aus Stein, zumal wenn sie als Sieger heimkehrten. Die überlebenden Verlierer zeigten oft noch Spuren von Verwundungen oder Verstümmelungen, manchmal als mitleidheischende Bettler auf der Straße, sie waren Kriegs-„Opfer".

Nach unserem letzten unmenschlich-ideologischen Krieg gab es verständlicherweise für die Überlebenden nur wenig Mitgefühl, sie hatten verloren und noch dazu einem verbrecherischen Regime gedient. Lange Jahre blieb der Heldenplatz leer – bis wir uns neue Helden schufen, diesmal aber auf einem scheinbar unverfänglichen und harmlosen Sektor: die manchmal erfolgreichen Sportler jener Kategorien, die sich einige Zeit später auch durch ihre Fernsehtauglichkeit auszeichneten wie etwa Rennfahrer oder Fußballer. Wir ahnen inzwischen, dass die „Liebe zum Vaterland" – trotz Nationalhymne – keine entscheidende Rolle mehr spielt und dass leistungssteigernde, manchmal auch verbotene Tricks aus dem Bereich der Medizin viel effektiver sind solange die Darsteller uns nur ein aufregend-spannendes Heldenbild bieten. Im Idealfall gestehen wir ihnen dann für ihre Leistung fast neidlos ein Millioneneinkommen zu.

Vor einiger Zeit fand Robert Hartmann fast zufällig Bilder vom Beginn des vorigen Jahrhunderts, auf denen zwei kräftige Männer zeigen, wie in deutschen Weltkriegslazaretten (den Vorläufern heutiger Sportkliniken) verwundete oder auch kranke Soldaten Übungen zur Wiedererlangung der „Frontdiensttauglichkeit" absolvieren sollten.

Er war von diesem Fund sofort fasziniert, sah auch mich gleich als geeigneten Partner für Vorstellungen, diese Bilder als Ausgangspunkt zu nehmen für eigene fotografische Körperdarstellung wie auch für eine Untersuchung uns wichtig erscheinender Gegenwartsaspekte. Wir wollten uns in die Posen und Haltung dieser abgebildeten Männer einfühlen und eine parallele Bilderserie herstellen – wir waren von vornherein sicher, dass das Ergebnis keine Kopie sein könnte. Wir wussten auch, dass wir mit unterschiedlichem Alter und Körperbau zwei zusätzliche Aspekte einbrachten,

die den Bildern einen besonderen Reiz geben konnten. Zu vernachlässigen war auch, nicht die Vorstellung, mit der Übernahme der alten Haltungen vielleicht einen Zugang zu vergangener Mentalität finden zu können.

Die Fotos machten wir im Atelier vor einer neutralen Wand mit Selbstauslöser und hatten dabei ein gewisses Vergnügen, vielleicht auch weil wir uns bewusst wurden, welche Aspekte aus früheren Lebensjahren oder auch früherer Generationen dabei aufgedeckt wurden. Robert Hartmann hatte als „Langheimer" viel Erfahrung mit ähnlichen Arbeiten, ich erinnerte mich an meinen alten Französischlehrer (und Schauspieler am Stadttheater), der mir vor dem Abitur den Weg zur Bühne angeraten hatte, aber auch an meine Jugenderfahrungen in problematischen Zeiten.

Auf den neuen Bildern sind nun zwei Männer zu sehen, die deutlich unterschiedlichen Generationen angehören, der Jüngere und Größere steht in der Lebensmitte, der Ältere und Kleinere gehört sichtlich der Kriegsgeneration an. Beide können ihre Vor-Bilder nicht wirklich kopieren, sie stellen aber durch ihr abgestimmtes Handeln eine Verbindung her zwischen zwei Zeitaltern, die anscheinend so wenig gemeinsam haben: Können wir uns heute noch in die Welt unserer Groß- oder Urgroßeltern einfühlen, die ja nur eine Ahnung von unseren heutigen „Fortschritten" hatten, die vielleicht aber auch über etwas verfügten, das uns heute anscheinend fehlt?

Wo sind heute die alten Leitbegriffe wie Tapferkeit, Treue, Pflicht, Gehorsam und Selbstverleugnung geblieben? Wir können mit ihnen wenig anfangen, all dies sagt uns heute nicht mehr viel, wo es um Selbstverwirklichung, Freizeit und Genuss, Wellness, organisierte Abenteuer in Verbindung mit garantiert sicherem Schutzraum geht. Unsere Bilder zeigen, dass die Aufforderung, durch unsere Gesellschaft müsse endlich ein „Ruck" gehen, bei dieser ohne Echo bleiben muss, weil sie derartige Emotion und Bewegung nur noch in Bruchstücken kennt (vielleicht auch nur noch in einem von Fans aufgeheizten Hexenkessel).

Noch eins: Die Bildserie ist nicht entstanden, um ein gesellschaftliches Problem darzulegen, sie verdankt ihre Existenz der großzügigen Förderung durch die Muse Kunst (nicht zu verwechseln mit Geldmitteln der öffentlichen Hand o. ä.). Auch kann dieser Kommentar die Wirkung der Bilder auf die Betrachter nicht ersetzen (genau so wenig wie die Kunstwissenschaft die Kunst ersetzen kann).

Hans Backes

Wahre Helden

Zwei Männer bei körperlicher Ertüchtigung, unterschiedlich in Alter und Statur, beide entsprechen keiner wie immer gearteten körperlichen Idealvorstellung. Sie sind zu alt, zu stämmig, zu mager, zu faltig, zu bäuchig: zwei Helden „von der traurigen Gestalt", weder gestählt noch gestylt, eine Posse, eine Peinlichkeit!

So hätte es sein können (so war unterschwellig zu befürchten, als von diesem Unternehmen die Rede war). Das Ergebnis ist weit mehr als überraschend, es ist beeindruckend! Entstanden ist nämlich eine Serie von ganz ungewöhnlichen und reizvollen Bildern.

Wie und wodurch entsteht dieser Eindruck? Sicherlich, hier sind zwei, die die Spezies „Held" ad absurdum führen (wollen). Ob klassisch, traditionell oder modern, ob strahlend und siegreich oder tragisch und leidgeprüft, sie konterkarieren jedes gängige Heldenbild. Überkommene festgelegte Posen vor einem kargen Hintergrund, die zum Teil wie eingefroren wirken und doch sehr eigenwillig und mit großer körperlicher Selbstverständlichkeit umgesetzt werden. Das hat durchaus (selbst)ironische und parodistische Aspekte, die aber – und das ist die „Kunst" dieser Bilder – niemals ins Lächerliche oder Peinliche abgleiten. Ganz im Gegenteil!

Und hier kommt ein zusätzliches Faszinosum dieser Bilder ins Spiel: Es entsteht aus dem Zusammenspiel dieser beiden so gegensätzlichen „unheldischen Gestalten". Dazu zählen der Mut und die Selbstverständlichkeit, mit der die beiden sich selbst präsentieren. Dazu gehört ebenso die Souveränität, mit der sie gemeinsam agieren, die den jeweils anderen und andersartigen, die historische Vorlage und sich selbst respektiert. Aus ganz unterschiedlichen körperlichen Gegebenheiten heraus entsteht eine Balance, schaffen die beiden eine Harmonie, die ihrerseits eine ganz eigene ästhetische Qualität, ja Schönheit besitzt.

In diesem Sinne haben die beiden ein Kunstwerk vollbracht: zwei w a h r e Helden!

Angelika Franzen

Übungen der 1. Gruppe.
Lunge; Schultergürtel, Oberarm, Ellenbogen.
Bild 1. a) Brustatmung. b) Bauchatmung.

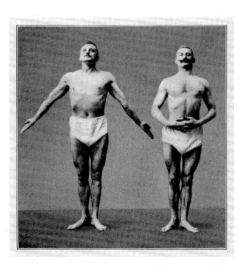

Bild 2.1. Gruppe, B. VII.
Mit gegenseitiger Unterstützung.

Bild 3.1. Gruppe, B. VIII.
Armdrehen einwärts und auswärts.

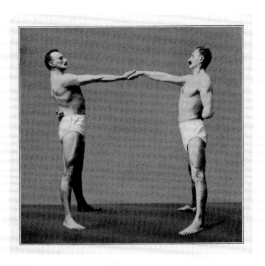

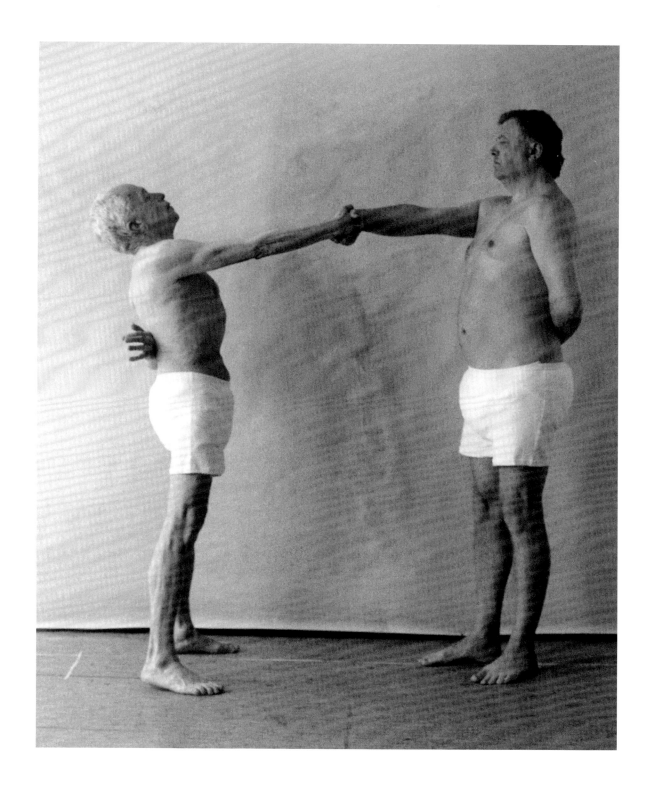

Bild 4.1. Gruppe, B. IX.
Dasselbe nach einer Kehrtwendung mit den rechten Armen.

Bild 5.1. Gruppe, B. X.
Kreisen vorwärts mit dem rechten Arm des a.

Bild 6.1. Gruppe, B. XI.
a tiefes Kniebeugen (= passives Armheben vor-hoch).

Bild 7.1. Gruppe, B. XII.
a tiefes Kniebeugen (passives Heben des Armes seitenhoch).

Bild 8. 1. Gruppe, B. XIII.
a hält die Arme des b rückwärts in Waagrechter Lage fest.

Bild 9. 1. Gruppe, B. XIV.
b Rumpfbeugen vorwärts, a hebt die Arme des b rückwärts hoch.

Bild 10.   1. Gruppe,   C. II.
Arme nach außen schräg hoch gehoben, Handflächen nach oben und innen gewendet.

Bild 11.   1. Gruppe.   C. III. C. IV.
Schräghochstrecken der Arme. Auch wechselseitig.

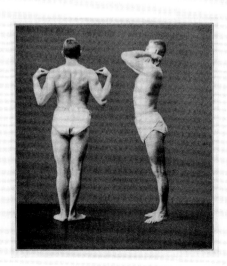

Bild 12.   1. Gruppe.   C. V.   C. VI.
Arme zur Kammhalte (d. i. Innenfläche der Hände nach oben) vorgehoben.

VII – IX sind sog. Nachahmungsübungen, die mit besonderer Vorliebe ausgeführt werden, namentlich dann, wenn sie mit einem durch den Mund hervorgerufenen, dem Geräusch der Urübungen ähnlichen Ton begleitet werden.

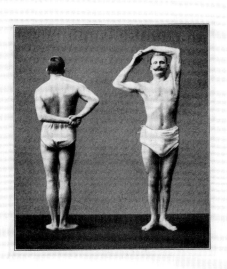

Bild 13.   1. Gruppe.   C. VII.
„Mähen": Die Übung erfolgt auch gegengleich, so daß der „Schnitt" beimSchwingen nach rechts erfolgt.

Bild 14.   1. Gruppe.   C. VIII.
„Hobeln": Auslagetritt links vorwärts, dann Kniebeugewechsel und Beugen der Arme.

Bild 15.　1. Gruppe.　G. IX.
„Pumpen": Arme in der Hochhebhalte, Knie- und Rumpfbeugen vorwärts.

Bild 16.   Gruppe 1.   C. X.
„Sägen": Mit gegenseitiger Unterstützung.

Bild 17.   1. Gruppe.   C. XI.
Die Übung wird zuerst mit gegenseitigem Druck, dann mit Zugwiderstand ausgeführt.

Übungen der 2. Gruppe.
Unterarm, Handgelenk, Hand und Finger.
Bild 18. 1. Gruppe. C. XII.
„Wiegen"

Bild 19. 2. Gruppe. A. V.
Heben der rechten Arme zur Schräghochhebehaltung vorwärts.

Bild 19.   2. Gruppe.   A. V.
Heben der rechten Arme zur Schräghochhebehaltung vorwärts.

Bild 20. 2. Gruppe. B. IV B. III. Einwinden zur Tiefhebhalte,

dann zur Vorhebhalte und Hochhebhalte.

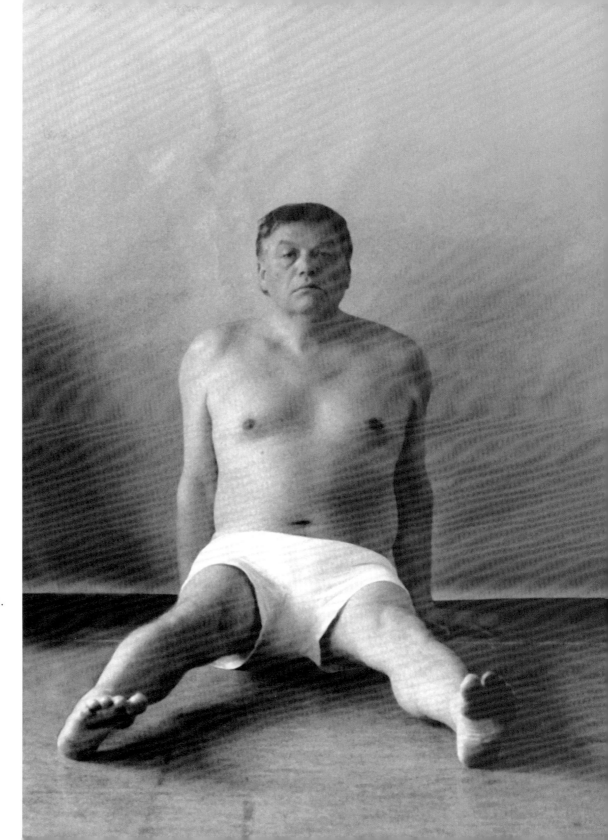

Bild 21.   2. Gruppe.   B. VII.   B. VIII.
Drücken der Ellenbogen einwärts.

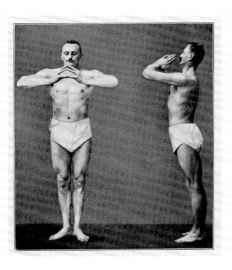

Bild 22.   2. Gruppe.   B. XV.
„Klavierspielen": Arme gebeugt, Unterarme wagrecht nach vorn in Ristlage.

Bild 23.   2. Gruppe.   B. XVI.
Das Einwinden schließt eine Drehung des Armes in sich. Übungen mit der Handel.

Bild 24. 2. Gruppe. B. XVII.
Drehen der Unterarme ein- und auswärts.

Bild 25.   2. Gruppe.   C. I   C. II
Einwinden zur Tiefhebhalte und Auswinden zur Haltung 1.

Bild 26.   2. Gruppe.   C. VI.
„Haschen": Als Spiel zu verwenden.
Übungen der 3. Gruppe.
Bauch; Hüftgelenk.

Bild 27. 3. Gruppe. A. I.
Spreizen des linken Beines im hohen Bogen.

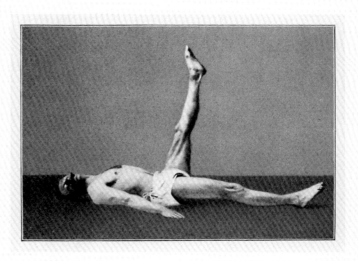

Bild 28.   3. Gruppe.   A. IV.
Im Liegen seitlings.

Bild 29.   3. Gruppe.   A. VII.
Im Sitzen am Boden, drehen der Beine einwärts.

Bild 30.   3. Gruppe.   A. IX.
Hochheben des linken Beines, senken des linken Beines.

Bild 31.   3. Gruppe.   A. XIII.
Schwingen des linken Beines vorwärts, senken des linken Beines zur Grundstellung.

Übungen der 4. Gruppe.
Oberschenkel, Kniegelenk, Unterschenkel, Fußgelenk, Fuß.
Bild 32.   4. Gruppe.   A. V.
Im Sitzen am Boden, aber mit geschlossenen Beinen.

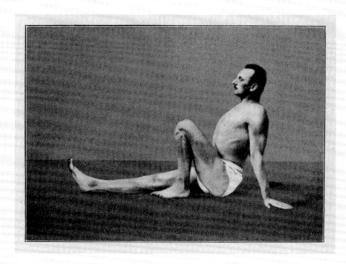

Bild 33.   4. Gruppe.   A. VIII.
Strecken der Hüften zum Liegesitz rücklings.

Bild 34.   4. Gruppe.   A. XI.
In Hockstellung strecken des linken Beines rückwärts und Gegengleich.

Bild 35.   4. Gruppe.   B. XIX.
a übt mit dem rechten Fuß, dann macht b dieselbe Übung.

Bild 36.   4. Gruppe.   B. I.
Im Liegen rücklings.

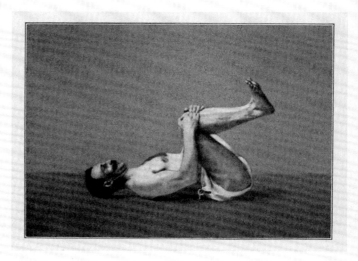

Bild 37. 4. Gruppe. B. V. B. VI.
Im Sitzen auf der Bank.

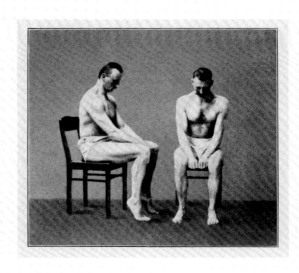

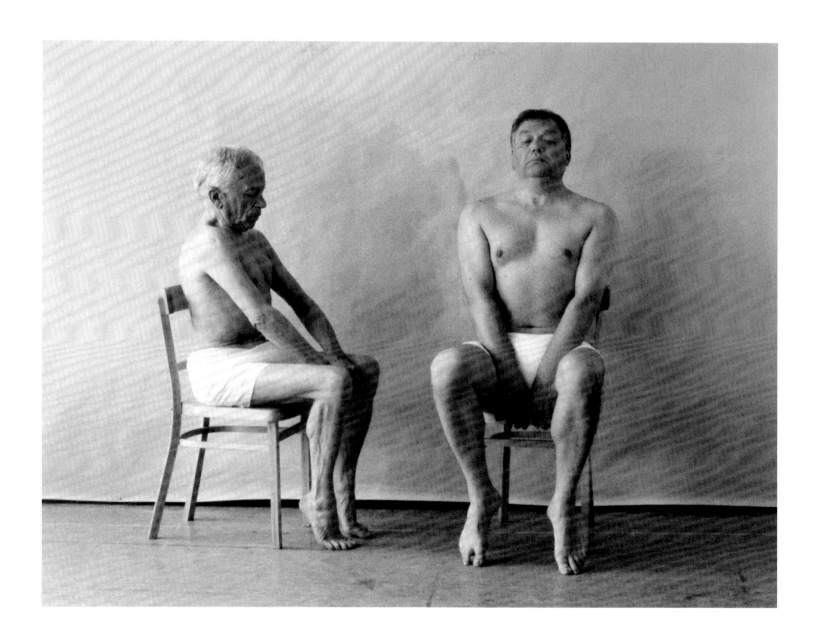

Bild 38.   4. Gruppe.   B. XI.
Im Stehen. Heben in den Zehenstand und Drehen der Beine einwärts.

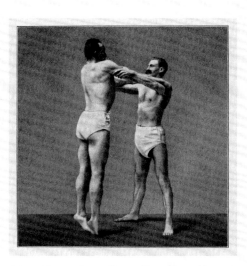

Bild 39.   4. Gruppe.   B. XIII.
„Rumpfwiegen" Seitgrätschstellung in Zehenstand.

Bild 40. „Wagestehen": Komm mit. „Wiegen".

Komische Helden

Oliver Zybok im Gespräch mit Hans Backes
und Robert Hartmann

Oliver Zybok: Ihr habt 2003 eine Serie von Fotografien (39 Positionen) angefertigt, der eine Körperperformance zugrunde liegt. Genauer gesagt werden hier von Euch Körperbewegungen und -haltungen imitiert. Vorlage dieser Nachahmungen waren Abbildungen aus einem kleinen Buch vom königlichen Turnlehrer Wilhelm Hacker aus dem Jahr 1916 mit dem Titel ‚Orthopädisch-gymnastische Übungen für Einzel- und Massen-Nachbehandlung Verletzter'. Was war die Idee dieser Nachinszenierung von Körperlichkeit und Bewegung?

Robert Hartmann: Ich kaufte dieses Buch vor einigen Jahren. Mich haben die Abbildungen fasziniert. Irgendwann hatte ich die Idee die Übungen der Vorlage unter anderen Vorzeichen zu wiederholen. Andere Vorzeichen bedeutet, ich wollte die Figuren aus diesem Buch mit Hans Backes in einer „gebrochenen Form" nachstellen, dem Gleichklang in der Vorlage widersprechend. In diesem Zusammenhang passt sehr schön die Formulierung des Journalisten Wilfried Wiegand, der anlässlich des Todes von Leni Riefenstahl von „einer Karriere-Kampfmaschine" sprach. Die gleiche Bezeichnung trifft auch für die Adressaten dieses Buches zu, die ja regeneriert werden sollten, um wieder für den Krieg einsatzbereit zu sein.

Hans Backes: Als ich die Bilder das erste Mal gesehen habe, hatte ich ein Déjà-vu-Erlebnis aus meiner Jugend, Bilder aus den Erzählungen meiner Eltern und Großeltern vor Augen. Es sind Bilder, die eine vergangene Haltung suggerieren, die aber in früheren Zeiten bis hin zu ihrer Perversion, der Wiederherstellung der Wehrfähigkeit, eine ganz große Rolle gespielt haben, vielleicht sogar für die Gestaltung des gesamten Lebens.

O. Z.: Dem Titel dieses Buches zufolge – und das Erscheinungsjahr bestätigt diese Ausrichtung – sollten Kriegsverletzte ihre körperlichen Schäden durch spezielle gymnastischen Übungen beheben. In der ‚Einführung' heißt es im letzten Absatz: „In der Hand eines gewissenhaften Leiters, der seine ideale, dankbare Aufgabe ernst nimmt, wird es

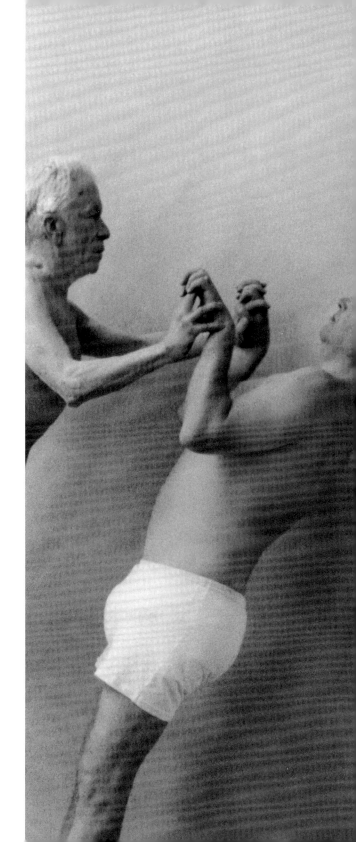

ein Mittel sein, unsere heldenmütigen Soldaten wiederherzustellen [...]." Die Frage nach Eurem Übungsleiter erübrigt sich – vermute ich. Doch welche Rehabilitationsmaßnahmen habt Ihr durchgeführt?

H. B.: Ich habe das Bedürfnis nach Rehabilitation nicht für meine Person – auch wenn ich in meinem Alter langsam dem Tod entgegen gehe. Der Begriff ‚Rehabilitation' ist mir in seiner medizinischen Bedeutung viel zu eng ausgelegt. Rehabilitation bedeutet im eigentlichen Sinn die Fähigkeit, Hand anzulegen, trotz Widerstände aktiv zu sein. Ein Gedanke, der meiner Meinung nach heute eine sehr eingeengte Bedeutung hat.

O. Z.: Je genauer ich die beiden männlichen Figuren in der Vorlage betrachte, desto mehr verstärkt sich der Eindruck, dass es sich um zwei „genetisch" übereinstimmende Personen handelt – gleiche Körpergröße, gleicher Körperbau, gleiche Mimik, gleiches Haar etc. Einziges Unterscheidungskriterium scheint die Größe des Schnurrbarts zu sein. Berücksichtigt man die eugenische Diskussion in dieser Zeit, drängt sich die Vermutung regelrecht auf, dass man hier ein körperliches Ideal etablieren wollte.

H. B.: Hier passt der alte Begriff der Leibesübung, die ermöglicht, eigene Bewegungen und Stärke zu demonstrieren. Mit der Leibesübung sollte zudem die Seele, die innere Befindlichkeit gestärkt werden. Diese Vorstellungen von Leibesübungen reichen bis Turnvater Jahn zurück und vielleicht noch viel weiter.

R. H.: Der Aspekt kann noch zugespitzt werden, indem man die Figuren der Vorlage als orthopädisch-gymnastische Soldaten bezeichnet. Man kann aber auch den Vergleich mit dem klassischen Ballett wagen, wo die Teilnehmer ähnlich „orthopädisch" erstarrt sind. Pina Bausch hat mit ihrem Wuppertaler Tanztheater die klassischen Vorstellungen des Balletts durch Brüche in den Bewegungen und der Haltung grundlegend hinterfragt. Gleiches kann man von der Nachinszenierung sagen: Es handelt sich um eine Neubewertung der gymnastischen Übungen der Vorlage. Wir haben zunächst versucht, die Übungen nachzustellen, doch die Resultate haben nichts mehr mit gymnastischen Übungen zu tun.

O. Z.: Die Haltungen der Körper der Personen aus dem Buch sind geradezu symmetrisch angeordnet. Diese Symmetrie durchbrecht Ihr in Euren Darstellungen allein schon durch den körperlichen Unterschied.

H. B.: Ja, mit dem gleichzeitigen Versuch ein anderes Harmonie-Verständnis einzubringen. Wir wollten Symmetrie, im Gegensatz zu den fotografischen Vorlagen, mit einer Harmonie der ungleichen Verhältnisse verbinden.

R. H.: Eine Klärung der Position erfolgt durch eine inhaltliche Verschiebung, die ja dadurch deutlich wird, dass man die ursprüngliche Idee aufnimmt und ihr ein neues Harmonieverständnis entgegenstellt, indem man nicht identische Körper konfrontiert. Wir haben zunächst die Symmetrie der Vorlage benutzt, um dann neue Überlegungen anzustellen, über Alter, über Erhabenes, über Lächerliches etc.

O. Z.: Der Körper und das Alter ist ein Thema?

R. H.: Die verschiedenen Alter und die unterschiedlichen Stufen von Bewegungen des Körpers; zwangsläufig – weil Vergleichsmöglichkeiten vorhanden sind. Man hat andere Proportionen, nicht nur die der Körper, sondern auch die des Alters.

O. Z.: Worin liegt die Bedeutung?

H. B.: Aufgrund der unterschiedlichen Körperlichkeit war für mich der körperliche Austausch und die damit verbundene Überwindung des Körperlichen sehr wichtig.

R. H.: Es gibt noch einen weiteren Grundgedanken: Wir haben hier nicht das Abbild zweier Künstler, sondern der Konstellation Kunstfreund und Künstler. Diese Konstellation der Abhängigkeit zeigt zwei unterschiedliche Blickrichtungen. In der traditionellen Sichtweise ist der Kunstfreund der Dilettant, der Künstler ein Vertreter der Kennerschaft. In den fotografischen Nachstellungen wurden diese Rollen von Hans Backes und mir zum Teil getauscht, verbunden mit der Frage, wo fängt der Künstler an, und wo hört er als Dilettant auf? Diese Frage ist aus dem Grund interessant, da es die Bezeichnung des Künstlers als

Profi in der heutigen Form erst nach dem 19. Jahrhundert gibt, vorher war die akademische Ausbildung ein Kennzeichen von vermeintlicher Kennerschaft.

O. Z.: Können Sie dem zustimmen?
H. B.: Ja und Nein. Die Bezeichnung des Kunstfreundes würde ich mir nicht geben. So weit würde ich nicht gehen. Ich bin anspruchsvoller Kunstliebhaber! Ich bin nicht der Freund, der alles mitträgt. Natürlich haben die Fotos für Robert eine andere Bedeutung als für mich.

O. Z.: Welche Bedeutung haben die Nachstellungen für Sie?

H. B.: Ich finde mich in den Bildern selbst wieder. Da bin ich der „Liebhaber".

O. Z.: Wenn man bei den nachgeahmten Fotosequenzen überhaupt von einem Ideal sprechen kann, dann nur von dem der körperlichen Differenz. Sie offenbart zum einen etwas Humorvolles, auf der anderen Seite aber auch Beängstigendes. Woran liegt das? Nur am Altersunterschied? Nur an der Gegenüberstellung der unterschiedlichen Körper? Werden hier Stärke und Schwäche symbolisch gegenübergestellt?

H. B.: Vielleicht beängstigt es Sie als Betrachter, mich hat es nicht beängstigt – mit mir als viel Älterem und Kleinerem. Dieses Ungleichgewicht kann natürlich beängstigend wirken.

R. H.: Ich würde die Fragen anders beantworten: Die Vorlagen repräsentieren „Kampfmaschinen", den unsterblichen Körper – diese Form der Visualisierung wird von uns von vornherein gebrochen. Wir zeigen Stellungen des Unperfekten. Natürlich wollten wir die Stellungen perfekt wiedergeben, was ja anachronistisch ist, weil es unter den körperlichen Voraussetzungen nicht möglich war. Damit ist der Blick auf Vergänglichkeit, Schwäche und Komik gerichtet. Ein Querverweis zur Pantomime ist unerlässlich. Nach einer anfänglich amüsanten Haltung schlägt die ganze Aktion in Ernsthaftigkeit um, die sich in einer Kombination von Unruhe und Unwohlsein äußert.

H. B.: Ich glaube, dass der Begriff des unsterblichen Körpers eine ganz wichtige Trägerfunktion in unserer Zeit hat. Wir unternehmen sehr viel dafür, uns der Unsterblichkeit zu nähern. Das liegt nicht nur an der Gentechnik. Der Gedanke von Unsterblichkeit wird von uns nicht dargestellt. Auf der einen Seite bin ich, der dem Tod näher steht, auf der anderen Seite Robert in seiner kräftigen Statur, der von seinem Übergewicht bedroht wird. Wir leben mit unserer Sterblichkeit. Wir stellen keine gottähnlichen Figuren dar.

O. Z.: Überwindet hier der Mensch den Körper oder der Körper den Menschen?

H. B.: Wir überwinden nichts.

R. H.: Wir stellen lediglich nach, was im Leben ständig passiert. Es werden andauernd Helden geboren aus Angst vor Schwäche, aus Angst vor dem Versagen. Sie sollen eine Vorbildfunktion einnehmen, von der ein jeder weiß, dass es sie nicht gibt. Bestes Beispiel ist in diesem Zusammenhang die derzeitige deutsche Fußball-Nationalmannschaft. Hier wird verlangt: Sieg, Größe und Erfolg für den gesamten Volkskörper. Was findet statt? Auf dem Fußballplatz tummeln sich „Flaschen" ...

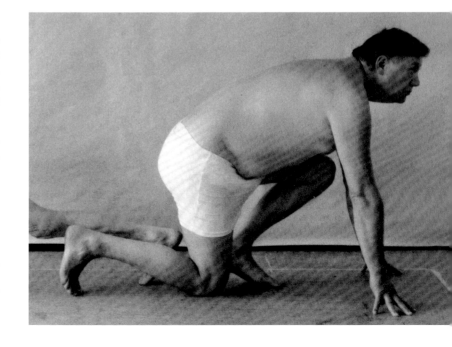

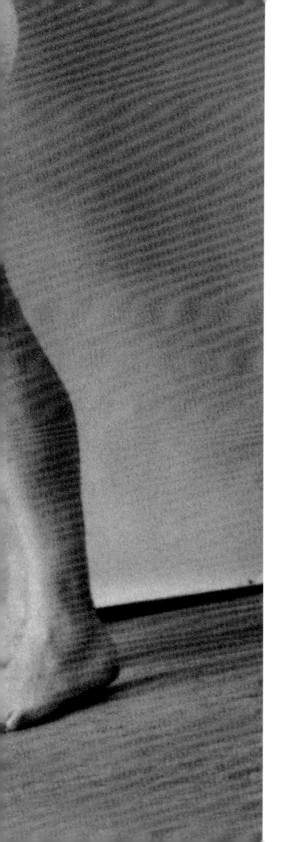

H. B.: ... „leere Flaschen".

R. H.: Es findet Entsetzliches statt, im Sinne des vorgegebenen Zieles. Dies zeigt sich an den letzten verbalen Entgleisungen des Teamchefs Rudi Völler. Und genau hier finden wir den Grund, warum Christoph Daum gekokst hat; vergebliche Versuche dem Versagen zu entgehen. Die Quintessenz unserer Darstellungen ist also, dass Helden geboren werden, um zu versagen. Parallelen finden sich in der Kunst. Clemens von Brentano hat einmal den Künstler mit einer Gans vergleichen, „die alle natürlichen Proportionen und die Lebenskraft verliert, indem man ihre Leber, zwecks späteren Verzehr, übermäßig mästet". Die Kunst macht aus ihren Helden Gänse. Für sie ist diese Form des Versagens Programm und Ziel. Der Unterschied zum Sport besteht darin, dass dieser sich dessen nicht bewusst ist.

H. B.: Die Frage lautet, wie geht unsere heutige Gesellschaft mit Helden um? Sie werden zunächst bewundert, oft auch angebetet und dann werden große Kräfte in Bewegung gesetzt, um sie zu demontieren.

R. H.: Für unsere Fotoarbeiten heißt das im Klartext: Indem wir alle vorgegebenen Proportionen verlieren, werden wir zu komischen Helden.

O. Z.: Trotzdem haben sowohl die Körper in der Vorlage als auch Eure in der Nachahmung etwas Heroisches, entfalten geradezu mythische Züge.

H. B.: Diese Form des Heroischen hat aber nichts mit dem heutigen Verständnis von einem Helden gemeinsam. Vielmehr trifft die Definition des ursprünglichen Helden zu, ein Held, der etwas aushält und der etwas bewegt, aber nicht auf einer übergeordneten Ebene.

R. H.: Also nicht Jörg Immendorff.

O. Z.: In dem Buch heißt es auf der ersten Seite, „dass die aktive und passive Gymnastik eine Kunst ist". Ist Gymnastik nach Euren Erfahrungen eine Form von Kunst?

H. B.: Der Ausgangspunkt der Gymnastik ist sicherlich nicht Kunst – schon gar nicht in dem Buch.

R. H.: Sie kann aber dazu führen. Wie heißt es so schön, Sport macht die Gedanken frei. In diesem Sinne werden natürlich kreative Kräfte frei gesetzt, die sich auch künstlerisch äußern können. Nicht ohne Grund sind zahlreiche Künstler sportbegeistert. Insofern ist die Gymnastik durchaus mit der Kunst verbunden. Es kommt nur darauf an, wer sie anwendet und warum.

O. Z.: Kann man diesen Gedanken allgemein auf den Sport übertragen?

R. H.: Durchaus. Was die deutsche Fußball-Nationalmannschaft zur Zeit macht, ist zum Beispiel keine Kunst – das sieht man ja.

O. Z.: Sport ist also nur eine Kunst, wenn die ausübenden Sportler erfolgreich sind?

R. H.: Du musst da viel abstrakter denken. Wenn zum Beispiel in dieser Nationalmannschaft Hans Backes der Torwart wäre und ich der Linksaußen, wären wir erfolgreicher, weil andere Elemente, überraschende Bewegungen ins Spiel kämen, die nicht unbedingt den Regeln entsprächen, die es aber bereichern würden.

H. B.: Ich denke, den heutigen Sport kann man nicht mehr bereichern. Wenn man in der Formel 1 die derzeitige Diskussion um die beste Gummimischung der Reifen beobachtet bis hin zu den Dopingdiskussionen in anderen Disziplinen, ist der Sport doch zur reinsten Farce verkommen. Ähnliche Phänomene finden wir aber auch in der Kunst.

R. H.: Es gibt Hochleistungskunst, die nur unter „Doping" funktioniert – und die sieht auch entsprechend aus. In diesem Bereich finden wir die gleiche Ausweglosigkeit wie im Sport, vor allem die gleiche Unglaubwürdigkeit. Das heißt, dass die Ergebnisse, die unter fragwürdigen äußeren Umständen erzielt werden, natürlich fragwürdige Ergebnisse sind. Die Diskussion um die Glaubwürdigkeit in der Kunst ist mindestens so brisant wie im Sport.

H. B.: Kunstakademien muss man in diesem Zusammenhang als potentielle Dopingstätten betrachten.

R. H.: Wie die einzelnen Mannschaften bei der Tour de France auch.

Dieses Gespräch wurde bereits im Kunstforum International, Band 170, Mai – Juni 2004 veröffentlicht.

Robert Hartmann

geboren 1949 in Seßlach, Oberfranken

1967 - 1969	Studium an der Werkkunstschule Würzburg, 1969 bis 1974 bei K. O. Götz, Joseph Beuys und Ole John Pouvlsen an der Kunstakademie Düsseldorf (Meisterschüler).
1969 - 1973	beteiligt an den Aktionen und Publikationen der Künstlergruppe YIUP.
1982	Gründung der Künstlergruppe „Die Langheimer" mit Werner Reuber und Ulrike Zilly
	Robert Hartmann lebt in Düsseldorf und ist Vorsitzender des Künstlervereins Malkasten

Einzelausstellungen (Auswahl)

1972	Städtische Galerie Schloß Hardenberg, Velbert
1981	Galerie Walther, Düsseldorf
	Städt. Kellergalerie Düsseldorf
1990	Galerie Hans Jürgen Müller, Stuttgart
1992	„Das Irrglöckchen – eine erotische Frankenreise", Galerie Röver, Nürnberg (K)
1996	„Nackte Schönheit", mit Ulrike Zilly, Hospitalhof Stuttgart (K)
1998	„Warum willst du draußen stehen" – Translozierung der Düsseldorfer Kunsthalle in die Metzgerei Schlösser, Düsseldorf
1999	„Kathedrale des Wassers – Auf der Suche nach dem Geist der Moderne", Wasserspeicher Auf der Hardt, Düsseldorf (K)
2001	„Beuys in Hartmannstown. Eine chymische Hochzeit", Museum der Stadt Ratingen
2007	„Der Einzige und sein Eigentum" museum kunst palast, Düsseldorf

Gruppenausstellungen (Auswahl)

1981	„Vier Beiträge zur Neuen Malerei". Robert Hartmann, Dieter Krieg, Nils Kristiansen, Peter Vogt, Von der Heydt–Museum, Wuppertal (K)
1982	„Das Bild der Abschreckung" (Between 9), Kunsthalle Düsseldorf
1984	„Tiefe Blicke, Kunst der achtziger Jahre aus der BRD, der DDR, Österreich und der Schweiz", Hessisches Landesmuseum Darmstadt (K)
1988	2. Biennale in Bagdad

1993	„Fußball", Galerie Hans Jürgen Müller, Stuttgart	1994	Gedankenspiele", Museum der Stadt Ratingen (K)
1994	„Für F.N. – Nietzsche in der bildenden Kunst der letzten 30 Jahre", Stiftung Weimarer Klassik, Weimar (K)		„Schlafende Hunde. Über Konzentrationslager nach 1945", Museum Bochum (K)
1996	„Bakunin – ein Denkmal", Neue Gesellschaft für Bildende Kunst, Berlin (K)		„Kriege des Jahrhunderts.", Städt. Kunstmuseum Spendhaus Reutlingen (Beteiligung, K)
1998	„Hallo Blalla. Künstlerfreunde von Blalla W. Hallmann", Galerie Susanne Zander, Köln	1995	„Langheimer Prunkgeschirr", BauHausFischer, Wuppertal
2000	„Jeder z'u Voetbal, het Voetbal in de Beeldende Kunst 1900–2000", Kunsthal Rotterdam u. a. (K)	1996	„50 Jahre danach" Museum Bochum (Beteiligung) „Von der unbefleckten Erkenntnis. Erotische
2001	„In Holz geschnitten. Dürer, Gauguin, Penck und die Anderen", Museum Bochum (K)		Charakteranalyse", BIS Mönchengladbach (Altes Museum)
2006	„Die Kunstelf", Galerie Tedden, Düsseldorf „Idylle. Traum und Trugschluss", Sammlung Falckenberg, Phönix Kulturstiftung, Hamburg (K)		„Brock, wo ist dein Stachel, Tod, wo ist dein Sieg?", Schauspielhaus Wuppertal „Zeit der Unschuld – Singen nach dem Kriege, Fahrtenlieder", Kunstverein Radolfzell (K)

Gruppenausstellungen der „Langheimer" (Auswahl)

		1997	„Neonazarener in der Toskana", Galerie Klein, Mutscheid-Bad Münstereifel
1982	„Das Niveau braucht keinen Euter", Kunstverein Euskirchen		„Arbeiten auf Papier. Kunst der Gegenwart deutscher Künstler", Von der Heydt-Museum Wuppertal und
1983	„Ohne Kampf kein Sieg", Galerie Fuchs – Schloß Hardenberg, Velbert		M.K. Čiurlionis-Museum Kaunas (Beteiligung, K) „Lauter Lust wohin das Auge gafft. Das Langheimer
1984	„Langheimer Erscheinung – Die Hüterinnen des Erbstromes", Galerie Magers, Bonn		Prunkgeschirr", Museum der Stadt Ratingen „Die Welt ist schön. Das Langheimer Prunkgeschirr",
1985	„Riesensieg und Abulvenz", mit Fritz Schwegler, Galerie Niepel, Düsseldorf		Galerie Mautsch, Köln „Beggar's Banquet – Fürsten in Lumpen und Loden",
1986	„Die Langheimer neu – sachlich – stählern – romantisch", Galerie Krings-Ernst, Köln		Kunstraum Düsseldorf „Auf den Hund gekommen", Kunsthalle Recklinghausen
1987	„Die Haftpflicht des Sehers", Galerie Schübbe, Düsseldorf		(Beteiligung, K)
	„Werner hat sein Pulver verschossen", Galerie Olaf Zimmermann, Köln	1998	„Befreiung der Vernunft, Künstlerwitze von Künstlern", Galerie Klein, Mutscheid-Bad Münstereifel (K)
1988	„Die Logik der Dummheit" mit Bazon Brock, Kunstverein Dortmund	1999	„Reißt Dich der Föhnwind über Deine Grenze – 14 Nothelfer", Galerie Kunst im Gang, Bamberg
1989	„Der Königsee: Probleme der Elite", Kunstverein Siegen (K)		„We have the Francis Bacon word and second sight", Künstlerverein Malkasten, Düsseldorf
	„Das Waisenhaus der Kunst", Neuer Aachener Kunstverein (K)		„Die Macht des Alters – Akademisches Aktzeichnen", Kunst- und Ausstellungshalle Bonn (K)
1990	„DDR – Deutsche Demokratische Revolution", Kunsthalle Düsseldorf (Beteiligung, K)		„Erotik", Galerie Klein, Mutscheid-Bad Münstereifel (Beteiligung)
1991	„Das Rote Ei", Galerie Epikur, Wuppertal	2000	„Einsame Meister – Die Langheimer kopieren
1993	„Ich bin der Welt abhanden gekommen. Über Konzentrationslager nach 1945", Deutsches Historisches Museum, Berlin (K)		Meisterwerke der Moderne", Städt. Museum Leverkusen Schloß Morsbroich (K) „Weltläufer", Grevenbroich, Haus Hartmann am Alten Schloß und Versandhalle Stadtparkinsel
1994	„Die Untiefen des Glücks. Tarot – Tarock – Tarocchi.		„Von Angesicht zu Angesicht. Mimik – Gebärden

2000	Emotionen", Städt. Museum Leverkusen Schloß Morsbroich (Beteiligung, K)
2001	„In Holz geschnitten", Museum Bochum (Beteiligung, K) „So will es die Natur. Das Bamberger Prunkgeschirr", Sammlung Ludwig, Bamberg
2004	„Hohe Tannen – Wilde Bestien", Galerie Klein, Mutscheid-Bad Münstereifel „Blauer Reiter", Galerie Kunst im Gang, Bamberg
2005	„Zeitkisten", Uhrenturm der Harry-Schmitz-Gesellschaft, Düsseldorf
2007	„Einsame Meister, Teil II. Die Langheimer kopieren den Sonnenauf- und Sonnenuntergang der Moderne", Kaiser-Wilhelm-Museum, Krefeld

(K) = Ausstellungskatalog

Bibliographie (Auswahl)

1981 Klaus V. Reinke: Wuppertal: Beiträge zur Malerei. Ein neues Lebensgefühl. In: Handelsblatt, 26. Januar

Robert Hartmann, Nils Kristiansen, Ulrike Zilly: Between 9. Die Geschichte des heiligen Tiyiupolo. In: Kunstforum Bd. 49, April/ Mai, S. 228f.

Peter Iden: Die hochgemuten Nichtskönner. In: Das Kunstwerk, Zeitschrift für moderne Kunst, Heft 6, S. 28

Ute Grundmann: „Hallo Fritz": Begrüßung mit Knüppeln. In: Neue Rhein-Zeitung, Düsseldorf, 10. November

Dirk Schwarze: „4 Beiträge zur neuen Malerei" in Wuppertal. Wuchernde Farben. In: Rheinische Post, Düsseldorf, 6. Dez.

1983 Bertram Müller: Es gibt keine Mäzene mehr. In: Rheinische Post, Düsseldorf, 18. April

Das Niveau braucht keinen Euter – Wehe, wenn der Mäzen abspringt. Hrsg. vom Allgemeinen Freundes- und Förderkreis für junge Kunst im Atelier Schloß Benrath e.V. Düsseldorf (L)

Der Kunsthund knurrt – Die Geschichte von Langheim. Hrsg. vom Allgemeinen Freundes- und Förderkreis für junge Kunst im Atelier Schloß Benrath e.V. Düsseldorf (L)

1984 Die Hüterinnen des Erbstroms – Deutsche Gleichung mit Unbekannten. Hrsg. vom Allgemeinen Freundes- und Förderkreis für junge Kunst im Atelier Schloß Benrath e.V. Düsseldorf (L)

Peter Klucken: „von Yiup bis Langheim". Kunsthund knurrt. In: Rheinische Post, Düsseldorf 14. Mai (L)

Annelie Pohlen: Wo liegt Langheim? „Langheimer Erscheinungen" in der Galerie Magers. In: General-Anzeiger Bonn, 24. August (L)

1985 Riesensieg und Abulvenz – Fritz Schwegler und Die Langheimer. Hrsg. vom Allgemeinen Freundes- und

1985	Förderkreis für junge Kunst im Atelier Schloß Benrath e.V. Düsseldorf (L)		und Förderkreis für junge Kunst im Atelier Schloß Benrath e.V. Düsseldorf (L)

1985 Förderkreis für junge Kunst im Atelier Schloß Benrath e.V. Düsseldorf (L)

Helga Meister: „L" wie Langheimer. Fritz Schwegler & Co bei Niepel. In: Düsseldorfer Nachrichten, 22. April (L)

1986 Bazon Brock: Rückblick auf ein Jahr der Flaute. Plus: Die radikale Gruppe der Düsseldorf „Langheimer". In: Art, Nr 1, Januar 1986, S. 68-75 (L)

Burkhard Meier–Grolmann: Neu, sachlich, stählern und romantisch. Die Düsseldorfer Künstlergruppe „Die Langheimer". In: Südwestpresse Ulm, 5. Dezember (L)

Die Kindheit der Langheimer – neu – sachlich – stählern – romantisch. Hrsg. vom Allgemeinen Freundes- und Förderkreis für junge Kunst im Atelier Schloß Benrath e.V. Düsseldorf (L)

1987 Cazzo Matto – Italienprojektbuch von Robert Hartmann. Hrsg. vom Allgemeinen Freundes- und Förderkreis für junge Kunst im Atelier Schloß Benrath e.V. Düsseldorf

Susanne Lambrecht: Die „Langheimer" in der Galerie Christa Schübbe. Im Kunst-Dschungel. In: Rheinische Post, Düsseldorf, 5. August (L)

Heinz-Norbert Jocks: Die Langheimer. Galerie Christa Schübbe. In: Kunstforum International, Bd. 91, Oktober/November, S. 351f. (L)

1988 Der Blaue Hase – So will es die Natur. Hrsg. vom Allgemeinen Freundes- und Förderkreis für junge Kunst im Atelier Schloß Benrath e.V. Düsseldorf 1988 (L)

Die Langheimer, eine Kunstaktion und Texte. In: Die Zahmen sehen die Wilden. Kolonisierte in den Bildwerken der Kolonisatoren. Hrsg.: Detlef Hoffmann in Verbindung mit Karl Ermert. Rehburg-Loccum 1988 (Loccumer Protokolle 1987/1), S. 183 (L)

1989 Wie ein flüchtiger Hirsch. Diesseits und jenseits der Kunst – Natur und Wissenschaft. Hrsg. vom Allgemeinen Freundes- und Förderkreis für junge Kunst im Atelier Schloß Benrath e.V. Düsseldorf (L)

1990 Dieter Stoll: Häuptlingsthron für Kulturfrau. In: Abendzeitung, Nürnberg, 2. Mai

Gerda Kaltwasser: Keine Lösung, keine Hoffnung. Vom neuen Deutschland. In: Rheinische Post, 15. Juli (L)

1991 Christiane Müller: Behüten und Bebrüten von roten Eiern. In: Westdeutsche Zeitung, Wuppertal, 18. Oktober (L)

1992 Erotische Charakteranalyse. Hrsg. vom Allgemeinen Freundes- und Förderkreis für junge Kunst im Atelier Schloß Benrath e.V. Düsseldorf (L)

1994 Jürgen Beckelmann: „Gras auf den Wegen". Das KZ-Projekt „Vergegenständlichte Erinnerung" der Künstlergruppe Langheimer. In: Frankfurter Rundschau, 17. Januar (L)

1995 Joseph Beuys und Friedrich Hölderlin – Maler machen Lyrik, Gedichte und Aquarelle. Hrsg. vom Allgemeinen Freundes- und Förderkreis für junge Kunst im Atelier Schloß Benrath e.V. Düsseldorf (L)

1997 Andrea Görz: Klosterbruder und bissige Tritte gegen das Idyll. Das Künstlertrio „Die Langheimer" stellt „Das große Ja und vier kleine Nein" aus. In: Kölner Stadtanzeiger, 28. April (L)

Thomas Kliemann: Neonazarener in der Toscana. Galerie Klein zeigt Arbeiten der Langheimer. In: General-Anzeiger Bonn, 6. Mai (L)

Stefan Römer: Die Langheimer. Ulrike Zilly, Robert Hartmann, Werner Reuber. Neonazarener in der Toscana. In: Kunstforum International, Bd. 137, Juni/August, S. 404f. (L)

1998 Carl Friedrich Schroer: Lumpen und Loden. Die Langheimer. In: Kunstzeitung, Nr. 20, April (L)

Thomas Kliemann: Blonde Elektriker. Worüber Künstler lachen. Langheimer lesen bei Klein. In: General-Anzeiger Bonn, 14. August (L)

1999	Karlheinz Schmid: Vom Produkt zum Prozess – Kunstbetrieb im Umbruch. Regensburg
2000	50 Jahre. Großes Mäzenatenessen–quasikannibalisch, S. 45. Hrsg.: Kunstverein Ruhr, Essen (L)
2001	Paul Köhnes: Über das Gastrecht in „Hartmannstown". Aus den Heften des „Bildermachers". In: Rheinische Post, 5. Mai
2002	Skulpturale Erscheinungen. Der Kunstweg in Ratingen. Museum der Stadt Ratingen S.16f.
	Nicole Dünow: Der Hase trotzt der Blechlawine. In: Rheinische Post, Düsseldorf, 1. Mai
2004	Komische Helden. Oliver Zybok im Gespräch mit Hans Backes und Robert Hartmann. In: Kunstforum International, Bd. 170, Mai/Juni, S. 100–107
	Christine zu Mecklenburg: Tierisches Amüsement. „Hohe Tannen – wilde Bestien". Erhard Klein zeigt „Die Langheimer". In: General-Anzeiger Bonn, 27. Juli (L)

(L) = Eine Publikation der/über die Langheimer

Impressum

Dieser Katalog erscheint anlässlich der Ausstellung | Verlorene Helden. Hans Backes und Robert Hartmann, in der Galerie der Stadt Remscheid, 14.04.–03.06.2007

Katalog

Herausgeber | Oliver Zybok

Konzeption und Redaktion | Robert Hartmann, Oliver Zybok
Grafische Gestaltung und Satz | A. S. Wünkhaus
Digitale Bildbearbeitung | Simone Reusch
Druck | Heining & Müller GmbH, Mülheim a. d. Ruhr

© 2007 Robert Hartmann sowie die Autoren

Edition Ultra Violett
Allgemeiner Freundes -und Förderkreis für junge Kunst im Atelier Schloß Benrath e.V.

ISBN 3-933434-23-8

Printed in Germany
Umschlagabbildung | Robert Hartmann
Fotonachweis: Vorlagen | Dr. med. Kurt Neumeister
Kriegspflegerin Frl. M. Bußmeyer
Nachbildungen | Robert Hartmann

Ausstellung

Galerie der Stadt Remscheid
Scharffstraße 7-9
42853 Remscheid
T. 02191 - 16 27 98

Künstlerischer Leiter | Oliver Zybok
Ausstellungskonzeption | Robert Hartmann, Oliver Zybok
Koordination | Tom Horn
Verwaltung | Norbert Hoffmann, Viola Schwaneke
Technik | Hermann Meisterernst